Särtryck 101

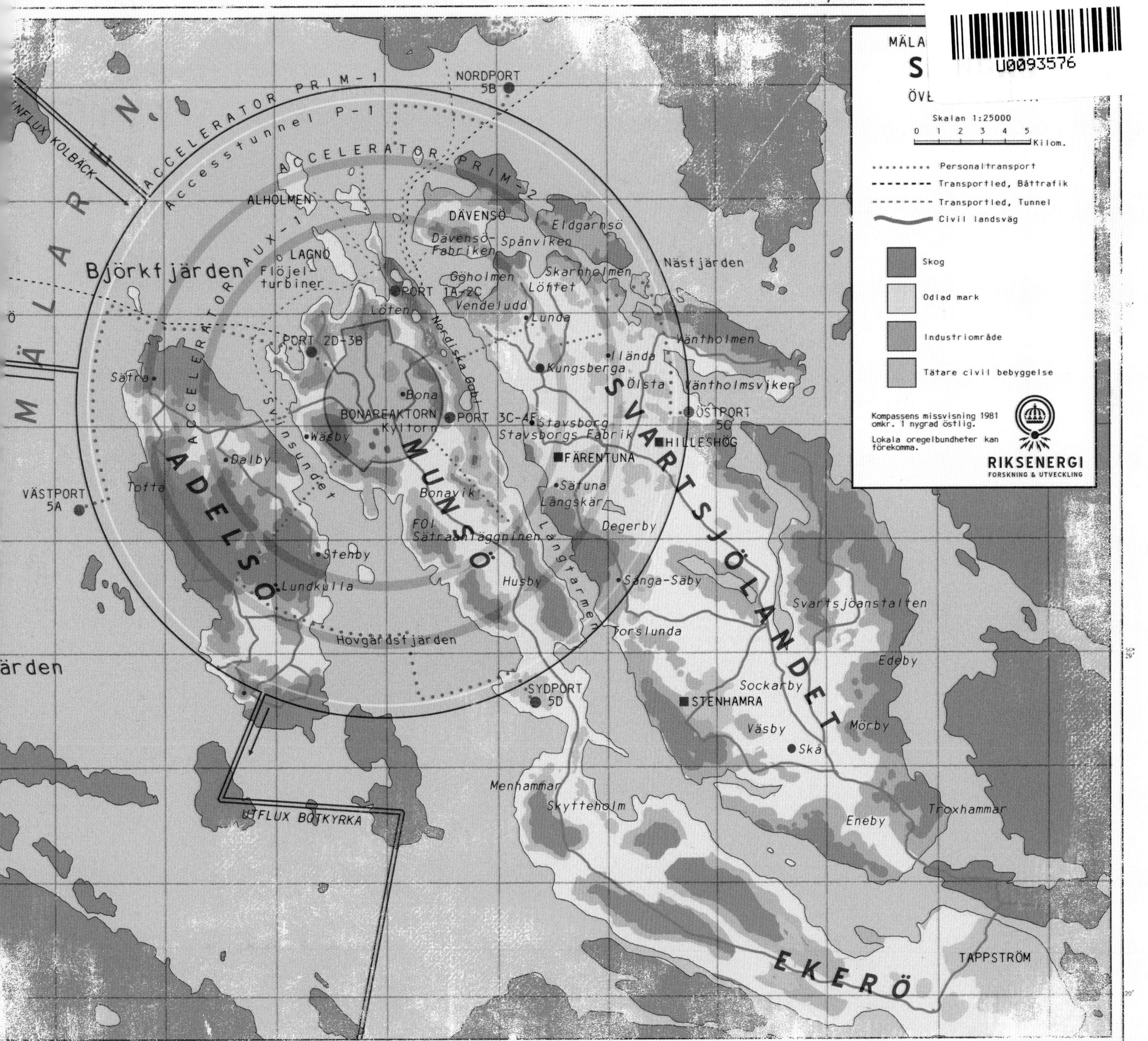

Rikskart. Stockholm 1981

Ej godkänd ur sekretessynpunkt för spridning, Statens lantmäteriverk 1981-04-27

130930

TALES FROM THE LOOP

迴圈奇譚

賽門・史塔倫哈格✺著　　李建興✺譯

有個男孩牽著通往天空的隱形斜線狂奔
他對未來的狂野夢想宛如一隻比郊區還大的風箏在飛翔。

——托馬斯・川斯卓默，〈開放與封閉的空間〉。

「迴圈」深藏在地下。那是一座物理學實驗用的巨大圓形粒子加速器與研究設施，橫跨瑪拉洛阿納島北部，從東邊的希爾斯霍格鎮幾乎一直到北邊的哈亞洛島；然後往西越過比約克法登灣繞過艾德索島的西側，經過比約科島與古文明遺跡的地底下。瑪拉洛阿納島上到處都感受得到迴圈的存在。我們的父母在那裡工作。慧能組織的維修載具在道路與天空巡邏。怪異的機器在樹林、沼澤和草地上遊蕩。地下深處不明力量傳來的震動，穿透過岩層、堅硬石灰磚和纖維水泥門面，直到我們的客廳裡。

當地景觀充滿許多跟研究所多少有關的機械與廢金屬垃圾。無論何時都看得到波納反應爐的巨大冷卻塔在地平線上，閃爍著綠色障礙警示燈。如果你把耳朵貼到地上，就可以聽見迴圈的心跳：施展迴圈這工程學魔法的核心組件重力加速器的呼嚕聲。此研究所是世界上同類型中最大的一間，據說它的力量可以扭曲時空本身。

迴圈計畫簡史

核子科技固有的革命性能源在二次世界大戰末期越來越蓬勃。很顯然地，基礎物理領域的廣泛研究能爲軍事與民用帶來極重要的突破。在蘇聯，看似碰巧發現的磁合效應催生了神奇的磁力船，而這完全革新了運輸產業。看來這些事件似乎都顯示出廣泛研究絕對會有所收穫；瑞典當地啓動了一連串的實驗研究計畫，包括核融合領域的。在開拓時代間的五〇年代初期，由政府出資兼營運的粒子加速器計畫誕生了。顯然在不久後它將會成爲世界上最大的加速器，甚至比幾年前在美國內華達州完成的那座更加強大。

此計畫被命名爲「高能量物理學研究所」，但經常是被稱作「瑪拉洛研究所」，或更常見的「迴圈」。工程始於一九六一年，耗時八年。由新成立

的慧能組織（國家能源局）負責營運，包括大約二十個研究團隊，總計共一百二十九位科學家與科學生。包括維修人員，研究所最終有好幾千名員工。迴圈於一九六九年啓用，第一項實驗是在一九七〇年七月進行的。研究所的性能逐年提升，而直到一九九四年除役爲止，迴圈一直是世界上最強大的加速器。

本書中的插畫聚焦在我這個世代的瑪拉洛小孩與我們成長的環境。至於研究所本身，還有它的機械和其他科技，我都盡力畫得詳細。我的插畫和描述是根據大量我自己的田野筆記與照片，還有來自供應商和承包商的文件。我也看過很多有關慧能組織公布的迴圈計畫報告書和檔案。我作品的目標從來就不是客觀或精確地描述迴圈計畫的興衰；而是提出一個私人、主觀、有時只是娛樂性的觀察，關於計畫與慧能組織如何影響當地的民眾與景觀，以及在那個環境中成長是什麼感受。有時候我甚至會離開瑪拉洛阿納島，描述我認爲跟本書氣氛與調性相符的其他地方與回憶。

我在此述說的故事主要是根據我自己和他人的記憶：尤其是我童年時期的朋友歐拉，他擁有幾近遺覺記憶的能力，能夠回憶起所有我們校園故事中最微小的細節。我永遠感激他對本書內容的協助。

賽門．史塔倫哈格，二〇一四年春季寫於昆斯貝嘉

巴斯特拉格諾島的巨獸

如果你去到哥霍門島的西北角，便可以從黑湖島看到壯觀的巨獸曲螺女士號。她遠在比約克法登灣的另一側自地平線上冒出。從遠處，並隔著水上的藍色迷霧，看起來就像是南美洲高原── 浮在群島樹梢上的水平方塊。每當冬天海面一結冰，我們就會將巨獸納入戶外探險計畫，但我記得我們從來都不敢眞的付諸行動。

曲螺女士號建造於六〇年代初期松茲瓦爾市的威曼船塢，是最早期單渦輪機的磁合船之一。她原本的建造目的十分明確，是要沿著凍原路線運輸礦石，但在迴圈計畫開始時她便被慧能組織收購。一九六二到一九六八年間，她運出大量砂石到普拉斯特法登灣，用於建造當地稱作瑪拉克蘭森的人造群島。一九六九年在艾霍曼島外海故障之後，曲螺女士號便除役並被拖到巴斯特拉格諾島的船塢。法律程序的延宕導致翻修拖延，再加上一九七八年威曼船塢因爲烏拉公司危機的影響破產，此事便懸而未決，直到當地民眾和環保署施壓之後慧能組織才終於介入，在一九九五年春季拆毀了這艘船。

史塔夫斯伯格的車軸

有一天歐洛夫在下課時被打得鼻青臉腫。他想要逃離學校，我就跟他走了。我們跑過野地躲在樹叢裡以免被老師看到。

歐洛夫向來喜歡冒險，似乎從來沒想過要停止玩樂。我們抵達史塔夫斯伯格時天色漸漸黑了。有一個詭異的垃圾像從野地上冒出來的，我們跑過去看。當然，歐洛夫想要爬上去，但我覺得又冷又累。我站著旁觀歐洛夫假裝堅守堡壘對抗一群進攻的教師生化人。過了一陣子我們陷入爭執：我想去歐洛夫家看電影，但歐洛夫拒絕。他甚至想要蓋座冰屋在野外過夜。不知怎地我們的爭執演變成真的打架；原因我已經忘了，但我記得我們在雪中滾來滾去，扯頭髮，互相又打又捏。後來我們既疲憊又傷痕累累地坐在雪地上。我幫歐洛夫弄出跑進他眼中的異物，然後他跟我說他爸情緒非常低落。最後，我們改去我家玩《音速小子》，這次我還教歐洛夫怎麼使用作弊密碼。

波納反應爐與歐希安

瑪拉洛阿納島上波納的三座冷卻塔是景觀中恆常的存在。它們在一個孟索島北方的荒野上名叫波納的小社區旁拔地而起。冷卻塔主要的功能是協助提供研究所大量能源、迴圈核心組件的重力加速器散熱。中間的那個塔高達驚人的兩百五十三公尺，而這三座塔是整個瑪拉達倫區都能看到的特殊地標。

每天傍晚六點鐘訊號聲便會響起。一開始像地底下低沉的震動，緩緩升高到三聲號角似的巨響，接著是悠長回音迴盪整片大地。這些聲音是每天重設冷卻塔的十五個巨大除霧閥的結果。後來訊號成了附近家庭日常生活的實用工具，跟古代教堂鐘聲差不多；訊號響起時你就知道該回家吃晚飯了。

我在一九九一年八月曾近距離聽過訊號聲。那是可遇不可求的事。波納村的男孩歐希安慫恿我只要我離開青年中心，就答應讓我玩他的《撞擊測試假人》，但最後以眼淚收場。

一到歐希安家，我們新建立的友誼很快地就崩解了。歐希安把所有最好的玩具留給自己，他哥奧利佛回家後我馬上就被排擠了。訊號響起時，他們的媽媽正在樓下廚房裡準備我們的晚飯。地板震動，我很害怕。歐希安和奧利佛當時瞬間成了英雄，告訴我訊號是重力加速器即將熔毀前的警報，並將我推進衣櫃裡，說若地球本身被吸進黑洞，我最好待在裡面。然後他們就衝下樓到廚房把所有血腸吃光光。

我爸來接我回家時，很羞恥地，我覺得鬆了一口氣。開車回黑湖島的途中，我爸向我保證地球絕對不會被吸進黑洞裡。即使如此，我還是越來越焦慮，有好幾個星期都提心吊膽地走來走去，等待世界末日——尤其是在晚餐時間。

克洛夫索的拱門塔

我們在一九九一年的復活節假期去哈耶達倫滑雪。前往途中我爸告訴我們抵達時會看到的壯觀的拱門塔的事。他敬畏地述說這些瑞典工程學的里程碑。之所以建造它們是用來將下沉氣流的力量轉化爲電力，並利用岩層的磁電荷將電力放大一千倍。我們抵達前一小時便可以瞥見地平線上山峰遠處的雙塔。每次車子爬上山丘我就心神不寧，因爲我盼望著會看到在山頂的另一邊那些塔變得多大了。

某天晚上在休旅車裡，我被一個陌生怪聲吵醒。我坐了起來，完全清醒，專心聆聽。黑暗中我聽見周圍其他人正睡著，但還有其他動靜。遙遠的嚎叫，幾乎像慘叫，穿透了休旅車的薄壁。我看向窗外的露營地，在幾棵松樹之間，看到了山谷和其中一座拱門塔。塔周圍的底座上方聚集著小火花。火花在冷空氣中飛舞，發出魅惑的輕柔呼喚聲在谷地裡迴盪。我很害怕，便把我爸叫醒。他解釋說火花是在塔的鋼材與地下鐵礦砂之間跳動的球形閃電，是由靜電的殘餘電荷所造成的，在這麼遠的距離絕對安全。我不太懂那是什麼意思，但很令人安心，便回去睡了。

搖控手套

當機器人隆隆地穿過麥田走向警車時，我意識到我們越線了，而且早在當天幾個小時前就越線了。或許發生在我們強行闖入薩圖納那間倉庫，歐洛夫拖出那個怪異背包的時候。奇怪的是當時我並沒有注意到——歐洛夫把他的手伸進那個大手套裡時，防水布底下的那玩意就活了起來。或者發生在更早，在我們午餐前逃出家裡的時候？夏季的日子是一連串刺激的事件；很難記住每件事之間的關聯。或許我們那天早上把蘇打粉和麵粉倒入兒童泳池時就越線了。那是件壞事，看歐洛夫爸爸的反應就能得知。他擠捏著歐洛夫的雙頰當面痛罵他。事後我們坐在歐洛夫的房間裡，叛逆地咕噥著人生眞不公平。歐洛夫兩眼通紅，按摩著他的臉頰。然後我們偷溜出去消失無蹤。這種事件當天只相隔了幾小時卻可以感覺那麼遙遠，眞是奇怪。

在麥田裡那個恐怖的瞬間，歐洛夫房裡那一刻感覺就像前世的遙遠記憶。有些日子宛如緊繃、冷酷無情的發條——有時候某些狀況會在動作中凍結，我們在幾秒之內就老了好幾歲。

POLIS

回音球

孟索島的東側曾經是巨大的烏普薩拉山脊。那是個蛇形丘，由古代冰原沖積的幾十億噸砂石構成。幾百年來的砂石開採耗盡了蛇形丘，在二十世紀四〇年代末期，孟索島的東側已淪爲一片沙漠。然後到了六〇年代，迴圈開始建造。砂石坑成了工程需要用到的巨大機械的集合地與維修場。很多機械與建築物在完工之後就直接被棄置在原地。

我隱約有印象，在大約四歲時，我祖父曾帶我去過一次孟索島。我記得有顆空心的大鋼球。我們走進裡面。在裡面我說話有回音，就像在教堂。

我們從黑湖島看到被丟棄的廢金屬垃圾在海水另一邊自山脊上冒出。垃圾堆後面的波納反應爐的巨大冷卻塔高聳入雲。另一邊誘惑著我們所有人（每個大膽的法林瑟島小孩都作過要過海去北歐沙漠探險的偉大計劃），但有個人的夢想遠超過其他人的。

珍妮有個智能障礙的弟弟叫波西，一看到孟索島的山脊他就發瘋了。以前珍妮和我會帶波西去散步，他會在你意想不到的時候突然尖叫一聲「劈咻嗚！」聽起來像是他想模仿圓鋸。然後你就知道他瞥見了樹林後面的孟索島了——波西的頭就像指南針指向那裡。

他發出的聲音很有名。有時候正當珍妮要在課堂上朗讀或交作業，你就會聽到有人大叫「劈咻嗚！」班上的小丑摩根．皮爾的哏有一半來自模仿波西。

那年稍後，暑假結束時，我們的爸爸說我們不再是小孩了。眞實人生即將開始。我們的紀念方式是未經同意就借用歐洛夫他爸的船，然後划過海去孟索島的北歐沙漠。

回音球躺在砂石坑裡。當風吹過在鋼壁間激盪時，會有個微弱的嗡嗡聲從球裡發出。卡勒和歐洛夫立刻跑進去開始喊叫測試回音。一對感到緊張的魚鷹在球上空盤旋。我留在外面，想起跟祖父來的那一天。現在回想起來，我發現這很可能是我體驗到所謂懷舊的第一段回憶。眞怪；一個夏日與三個九歲男孩，其中一個因憶起童年往事而在玩樂中途停了下來。

當然，事後我們去了翡翠綠色的池塘游泳。歐洛夫藉用沉重的卵石下沉，像個太空人在池底行走。

我默默游離開他們，繞過一處岬角。遠處有個大砂石坑，廢棄機械的沙漠向著地平線延伸，好像大象墳場。有東西浮現到表面：不是在水裡，而是在我心裡。我悄悄低語，「劈咻嗚。」

歐洛夫的喊叫聲打破了寂靜：

「我發現了汽車殘骸！」

我趕緊回去跟他們會合。

NIBELUNGEN

史潘威肯的磁合碟

近年來，在冬季月分樹葉落盡時，憑藉好運再付出點精力，你可能看得到哥霍門島北端外海有個抽水站的生鏽舊閥門自蘆葦叢中冒出水面。其實看起來不太起眼，但是直到九〇年代中期，史潘威肯的中央都有著令人敬畏的巨大磁合碟輪廓自水面浮出。這可不是慧能組織的動力船底下常見的普通小直徑碟。在史潘威肯最大的碟子直徑應該有超過三十公尺。它們是建造用來推動一萬噸級的高斯貨船沿著凍原路線前往北方的。史潘威肯的碟子令我們著迷；我們看得出神，在我們的想像中，我們在凍原上冒險——或許成了陷入危機中的高斯貨船船長，遭到俄國諾里斯克來的蠻族海盜劫船。

史潘威肯的磁合碟是我這個世代的瑪拉洛小孩從未經歷過的時代的遺跡。在一九七九年之前，達文索有座工廠專門製造與修理磁合碟。七〇年代的烏拉危機之後瑞典的礦石出口衰退，對磁合科技的需求也縮減，達文索工廠被迫關閉。員工被開除或調職，存貨賣掉，而工廠本身留在原地成爲大自然的一部分。

磁合飛行的運作方式

1. **地球的磁場** 地球自轉與液態地核運動之間的交互作用行成了我們行星周圍的磁場。整個地球可以說像個巨大磁鐵般在運作。兩極附近的磁場最強，磁場的方位角是垂直的，而赤道沿線地區的最弱，且是水平的。靠近南極的浮力是負數，因為這些磁場特性，主要的運輸路線都位在北半球而非南半球。磁場的強度以稱作「高斯」的單位來衡量。

2. **磁合效應** 一九四三年，米海爾・沃洛別夫意外發現了我們現今所謂的「磁合效應」。沃洛別夫是二戰期間的俄國工程師，他的工作是負責研發長程飛彈的新型導向系統。在使用各種陀螺儀作實驗時，他發現如果把快速旋轉的鈫棒密封在碟形鐵莢艙裡，那麼形成的這種裝置將能夠排斥地球的磁場。沃洛別夫很快意識到這意味著什麼，並改良他的設計。不久後他就做出了具有相當升力的碟子；史上第一具磁合碟就此誕生。

3. **安全性** 現今幾乎所有動力船隻都使用具自動校正功能的辛特碟，能夠調整升力與碟子的角度以配合當地磁場特性。李柏阿爾塔公司的動力船使用由市面上最有效率最環保的柴油引擎驅動的碟艙。即使發生罕見的引擎故障事件，也幾乎不可能墜毀。自六〇年代以來，辛特碟就有所謂的「漂浮阻斷器」以確保能量（因此也保有升力）留在碟艙內。失去動力的動力船掉落速率是每星期三公分。掉落十五公尺要花十年！

4. **動力** 磁合碟的效力非常驚人。三十年來李柏阿爾塔公司運送過總計三千億噸，平均每年每艘高斯貨船五百萬噸。我們將持續投資新科技，未來展望光明。一九八八年我們的船隊會增加二十艘新的阿利斯塔船，以提供顧客們全新等級效力的中型船。同時我們也會啓用自己的物流解決方案，川斯阿爾塔號。敬請注意天空以免錯過未來的創新！

LIEBER-ALTA

我們讓夢想起飛！

歡迎參觀「磁力之夢88」展
我們在艾維索，展位 A22：01
一九八八年一月九日至十三日

T67

SAAB

素描簿1：載具

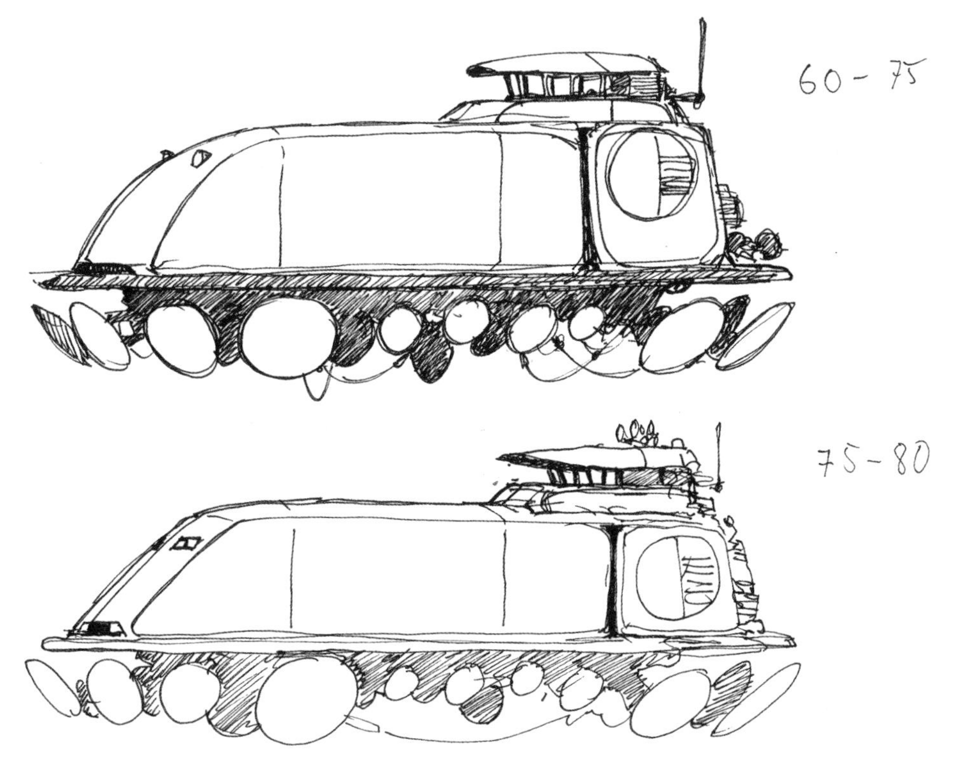
60-75
75-80

一九八八年三月十三日

號外！

維修工程師米凱爾・沃森的一天

米凱爾住在史坦漢拉，從一九七七年算起已當了十一年的維修工程師。他說這份工作最棒的地方是能自由規劃工作路線，以及經常接觸大自然。他不常接觸研究所內的研究，但他認爲能參與如此開創性的工程實在非常棒。

以下是米凱爾在二月底正常工作日的描述。

08:00
米凱爾抵達在塔普斯卓姆的車庫。他在此規劃今天的路線。今天是星期四所以他會進行所有冷卻模組（通常被稱爲「野地帽子」）的例行保養。米凱爾登記領取他的維修車，我們就上路了。

09:00-11:45
在法林瑟島南邊例行保養所有冷卻模組。首先，必須更換所有冷卻棒。這些棒子是模組中主要的吸熱零件，可能變得非常燙，有時高達攝氏六千度。必須用維修車上的機械臂將它們取出，然後更換冷卻劑。必須徹底檢查所有的管線、支架和閥門，清除上面的殘渣。
因爲冷卻模組在野外，必須將它保護好免於天氣侵蝕。遮雨罩、啄木鳥護盾與避雷針都得檢查。最後但同樣重要的，是重設冷卻模組的計時器。米凱爾在午餐之前完成了在法林瑟南側全部一共九個冷卻模組的保養。

11:45 **午餐**
米凱爾在史坦漢拉的披薩店吃午餐，他是那裡很受歡迎的常客。米凱，要不要來塊維蘇威披薩？

12:30
米凱爾繼續開車，經過桑加薩比前往法倫圖納。音響播放著湯米・尼爾遜與東尼・諾蘭的〈我感受到的一切〉。米凱爾是個大樂迷，他眞心慶幸自己可以在工作時聽音樂。米凱爾跟著唱：「暴風雨眩暈時我們互相擁抱，早晨破曉時在你身邊！」法林瑟有個搖滾明星巡迴路過喔！

12:45
在薩圖納森林的維修站，米凱爾留下報廢的冷卻棒，並補充備用零件。他利用這個機會抽菸休息一下。

13:00-15:00 **法林瑟島北側冷卻模組的例行保養**
跟午餐前的程序一樣。

15:00-17:00 **更換流量井裡的磁合素**
米凱爾收到無線電呼叫。林馬斯的流量井傳出了6050N指數太高的錯誤訊號。原因可能是磁合素夾子鬆脫了。米凱爾必須回到薩圖納的維修站拿正確的裝備才能著手處理流量井。原來是有根收縮管鬆脫了，並在井裡抖來抖去，干擾到了磁合碟。米凱爾必須穿上防護裝處理那根可怕的管子。米凱爾可是弄蛇高手呢！

修好流量井之後，米凱爾一天的工作結束，他駕車回塔普斯卓姆。

太陽在地平線上隱約可見，收音機播放的是拉斯・荷姆的〈義大利麵捲與通心粉〉。春天就快要來了！

Simon Stålenhag 2.12

MCD 034

侵入的物種

傳說樹林裡有史前怪獸。受到宇宙能量的影響，時空中產生轉動的漩渦，是現代與過去之間的門戶。一座橋就這樣形成了，另一個時代的生物可以旅行到我們的世界。有人發現一片空地上覆蓋著沙漠的沙子。大量三葉蟲在學校體育館的屋頂上抽搐。甚至謠傳在蘭納茲瓦根附近有個跟媽媽住在獨棟屋裡的男孩在雞舍裡養了一隻寵物恐龍。

我清楚記得歐洛夫和卡勒在一個炎熱的九月天穿過校園，雙手抱著一堆冰淇淋盒子。兩人七嘴八舌地說著，衣服上還沾了融化的冰淇淋。他們跟我說的那故事誇張到不行。

卡勒在半夜醒來，被他立刻認得的聲音驚醒。冰淇淋車的音樂迴盪在異常溫暖的九月夜晚。眞怪——誰會在三更半夜想買冰淇淋？感覺很不對勁。

到了早上那個旋律仍然迴盪在四周，卡勒打電話給歐洛夫。他們一起去尋找冰淇淋車。他們跟著音訊一路來到砂石坑。那裡的音訊很強。

他們進入砂石坑另一端雜草叢生的沼澤，過一會兒就找到了。冰淇淋車卡在兩棵樹幹之間，駕駛艙被撕開。喇叭從車頂殘骸垂下，還發出了快樂的旋律，車廂裡大量冰淇淋正開始融化。中大獎了。

卡勒擦擦嘴巴總結他們的推理：「唯一可行的結論是……」——我發誓他停下來扶了一下眼鏡——「……有兩隻巨大的肉食性蛇髮女妖龍被音樂吸引過去，然後攻擊了冰淇淋車。」

Simon Stålenhag
2013

運輸機器人

六〇年代，岩崎公司推出了第一套可運作的人工神經系統後，平衡機械獲得了重大的突破。突然間，我們的機械被賦予了原本專屬有機生命體的平衡與優雅。當然，輪型載具在公路上與平民社會仍較有優勢，但在林業、礦業、戰爭、星際探索方面——每個沒有道路可用的活動領域——機器人是一大革命。

多虧迴圈，瑪拉洛阿納島成了機器人樂園，我們認得所有的構造和型號。

慧能組織擁有一系列驚人的機器人可支配。帕胡佛和馬特曼公司的四腳型號用在開闊野外的維修工作。雙足無人機則用在迴圈本身內部的高風險領域。有兩具無人全自動、由瑞典阿爾塔公司專為慧能設計的的雙足機器人，會在亞桑根巡邏。它們被命名為 ABM100，但通常被稱作「火災守望者」。

當然這一切非常迷人，但最讓我們著迷的是在孟索島的 FOA 設施裡行動的機械。有幾項機密計畫在那裡進行。研究主要聚焦在生物力學、進化機器人學和模控學。謠傳他們想要創造能感覺與推理的機械。顯然他們有所進展；他們有好幾次阻止不了原型機逃走。

逃脫者

它站在庭院的橡樹下——像個油膩哀傷的鐵皮罐頭，頭上一部分纏著某種帆布罩。它發現了我，完全靜止，頭部向著我。我走近時，它緊張地在原地來回搖晃。它畏縮了，管線摩擦作響，每當我靴子底下的積雪被踩碎時。我很快靠近，近到能摸到垂掛在它其中一個鏡頭的帆布罩。我向前傾，設法抓到那塊帆布，把它扯下來。底下的光學組件迅速聚焦。它的側面有 FOA 標誌，意謂著這是從孟索島來的逃脫者。然後我家的大門作響，機器人使用三個快步彈跳消失了。門一打開，是我爸站在台階上。

DOMUS
Simon Stålenhag
14

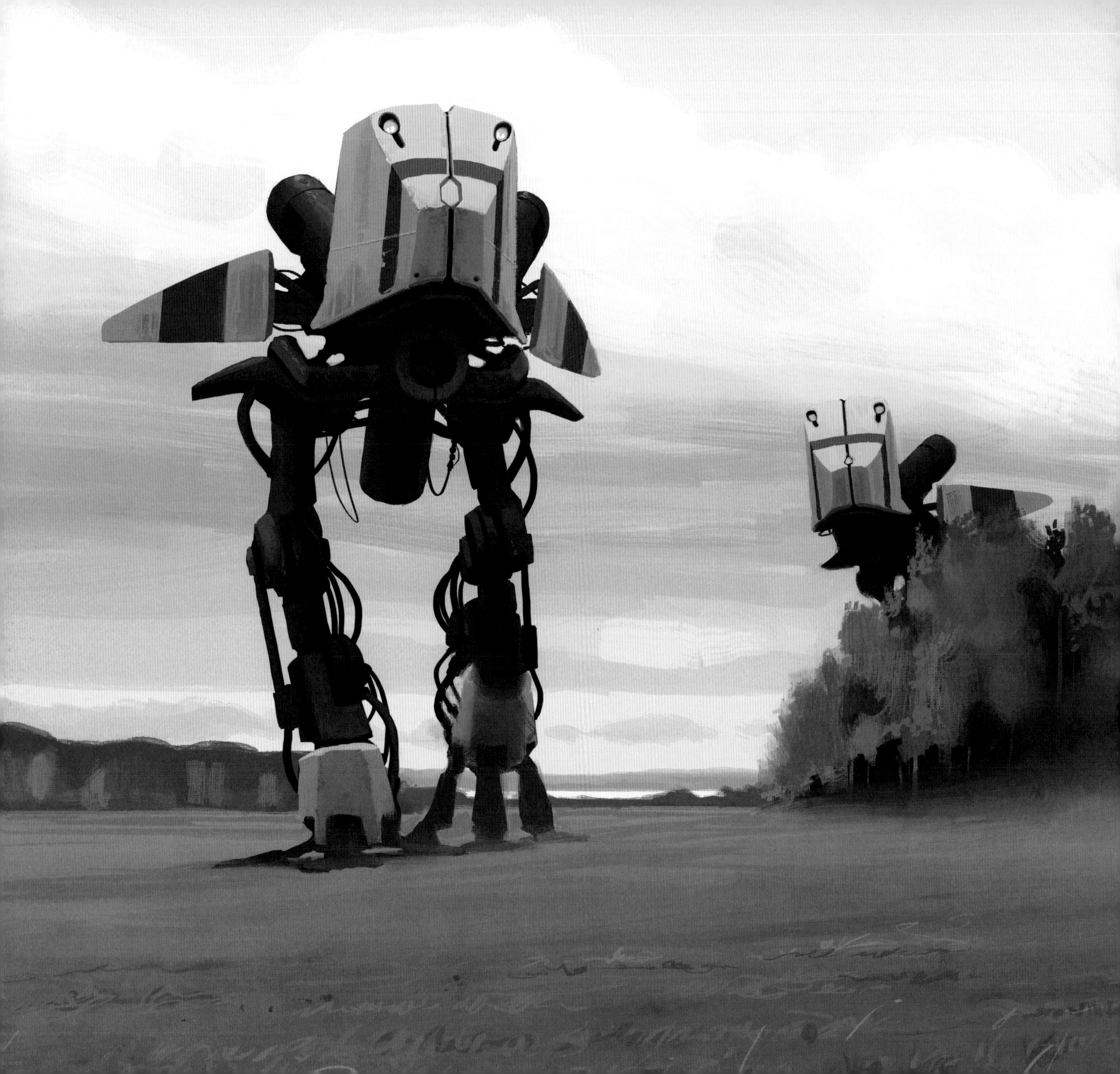

MALTEM

高塔屋

它真是一棟神祕的房子。我爸說過它只是個普通房子被巨人舉起來側翻的結果。它牆邊高高堆著許多舊東西，幾乎全是家裡用不上的物品。有隻巨大多毛的德國牧羊犬走在垃圾堆之間的小徑，而在永遠忙著拆東拆西的噪音聲中，狗主人就在那裡：我的叔叔阿福。說它雜亂就錯了。這裡是有秩序的，還有回收感——有點像堆肥。歐洛夫的家則是雜亂這個字眼最糟糕的程度。陳年的尿騷味，讓你只想要回家。高塔屋的房間嗅得到油、咖啡和狗的氣味，以及不知何處有台收音機隨時在播放。即使手指會變得油膩且沾上一身毛，我還是很喜歡跟狗玩。

地下室裡有個房間與迴圈的廣大地道系統相連接。裡面的家具有綠色舊沙發一張、咖啡桌一張、不鏽鋼櫃子兩個和上鎖的鋼製籠子一個。籠子裡有幾頂安全帽，連身工作服和一塊掛著鑰匙的板子。遠端的牆壁被一道上鎖的巨大鋼門佔據，上面標示著大大的數字8。門邊有一具只有一個按鈕的紅色電話。房間由角落的一台自動販賣機照亮，裡頭裝滿了糕餅和罐裝汽水。幸運的話，阿福會憑空變出一些銅板來，可以拿去投販賣機。

我常常拿著吃到一半的點心安靜快樂地站在哪裡，耳朵貼著鋼門偷聽。

瑪拉洛阿納島上很多建築物的地下室都有個水泥房間。通常是在迴圈建造同時間蓋的房子裡。裡面放了連身工作服、防護裝備、急救箱和緊急事故直撥專線。

詹斯與哈坎交換身體

每當想起雙胞胎詹斯與哈坎，我總會忍不住笑意。他們是從史卡內搬來的，外表幾乎相同但是行爲很不一樣，願意了解他們的人就知道。哈坎是不斷闖禍的大麻煩，而詹斯是個愛作白日夢的人，總是沒綁鞋帶無精打采地走著。從他們三年級轉來我們學校後，這就是區別他們的特徵。他們說過一個很好笑的故事。

哈坎宣稱他們在從史卡內到斯德哥爾摩的公路上休息時，他因爲下車到路旁尿尿，發現了一個巨大鋼鐵莢艙。莢艙的蓋子敞開著，於是他鑽進去。當他的腳踏到艙內的瞬間，又回到了家裡的車上。

他震驚地坐在後座。他媽媽納悶著哈坎爲何去了那麼久，只是尿尿而已。哈坎完全無法理解。他怎麼會這麼快回到車上？「媽，我在這兒呢，」他咕噥說。這時他發現詹斯不見了。哈坎的媽媽轉過身生氣地瞪他。然後她低頭看他衣服——連父母有時候都分不出來這對雙胞胎，不只是在叫他們名字的時候——說，「別鬧了，詹斯。」哈坎看著照後鏡裡自己的鏡像，嚇得差點喘不過氣。他變成詹斯的臉孔和衣服了！他跑出車外回去找那個莢艙。

他發現他困惑又驚嚇的弟弟就在莢艙裡。太神奇了！詹斯看起來就像哈坎；他們只是交換了身體。哈坎帶他弟回到休息站，並解釋現在是怎麼一回事：哈坎成了詹斯，詹斯成了哈坎。

據哈坎說，他們的父母一直都沒有發現。

ARL 119

美國來的明信片

像迴圈這麼大的計畫沒有國際間的合作絕不可能實現。即使瑞典人喜歡把它視爲徹徹底底的瑞典計畫，但顯然設施背後的很多科技與專業是在其他國家研發的，主要是美國。美國的經驗與科技，來自內華達沙漠的類似計畫，後來證明在建造迴圈時非常寶貴。甚至有人說整個計畫因爲當時美國希望其科技跨足波羅的海區域才可能成立。對迴圈在冷戰中扮演什麼角色有諸多臆測，但有些問題可能永遠沒有答案。另一方面，瑪拉洛阿納島上幾乎所有小孩都記得散落在各處的回音球。看似沒連線也沒電力，有時候可能發出怪聲；有時候摸起來是溫暖的；有時候裡面會有東西閃爍，像雷電似的。有人聲稱他們看過回音球一連好幾天都在漏水，分量遠超過它的體積。很多人記得側面的刻印寫著：

馬里蘭州，貝塞斯達，洛哥辛洛克工業公司製造

據六年 B 班的麥格納斯說，回音球和美國肯定有連結。實體上的連結。他受人欣賞的一點就是下課踢足球時罰球超準，所以他的說法可能是在冬季足球場結冰空蕩蕩沒人的期間，胡扯來爭取注意力的。以下是他告訴我們的。

麥格納斯過冬時都會在他家後方的野地上瘋狂練習罰球。那裡有一顆舊回音球。他打開艙蓋將洞口當作球門。二月分時他的狀態很好，幾乎百發百中。球像銅鑼一樣每挨一下響一聲。爲了增加難度他會走遠一點，把球放在整整四十公尺外。他踢出完美的一球像尋標飛彈，球直接射入艙口。但卻沒出現令人滿足的聲響，鴉雀無聲。

麥格納斯爬進回音球裡撿球，他那無聊的吹噓故事自此轉變成了冗長、前後矛盾的英雄傳說，關於他如何穿過回音球裡的入口到達美國沙漠中的某小鎮。他在當地漫遊了幾天直到被警長抓到並關在一座工廠裡，他們企圖把他拆解成生體組織用來建造生化人。幸好，他在名叫羅桑納的四腳戰爭機器的協助下成功逃脫，然後從腐敗的鎮長手中解放了全鎮，過程中還讓鎮上啦啦隊的每個女生失戀。

NEVADA
967 GZM

SAFETY
FIRST
PIERSON'S
SALVAGE

POLICE

來自西伯利亞的幽靈

在八〇年代彷彿無窮無盡的冬季中，慧能組織投資了一些全地形載具，其中包括八台 Vectra 山貓。山貓很能激發想像，因為它是根據蘇聯格列維奇製造局在七〇年代貝加爾湖戰爭中用來當作偵查載具的原型機。Vectra 版本沒武裝也沒裝甲，但是當你看到它如何輕易、氣勢不凡地橫越積雪的無樹原野和小丘，仍能辨識得出它的軍事背景。我從九歲就開始迷上了跟慧能組織有關的一切，以前我會帶著小攝影機到處去拍任何和慧能有關的東西。

Vectra 山貓是我的最愛之一，也是我排行榜前十名唯一的輪型載具。如果我在雪地上看到可疑的蹤跡，便會一路追蹤好幾個小時。我甚至還有一台自己千辛萬苦組合塗裝的蘇聯戰鬥版模型，按照規格鉅細靡遺。我臥室牆上有張海報是傳奇的「Gu-LRV 29—— 西伯利亞的幽靈」，畫面是山貓在風雪中驚心動魄的戰鬥場面，地面上滿是被炸成碎片的中國製戰爭機器人。

薩圖納的蜘蛛

薩圖納蜘蛛是一種在危險環境中用於維修的安全載具，例如迴圈裡的重力加速器安裝室——深藏在迴圈中心地下的巨大空間容納了壯觀的重力加速器，那研究所的心臟。重力加速器安裝室的地板很熱，地形很奇怪：分隔成四個象限，每個象限都有不同的高度和坡度，導致地面幾乎無法行走。

蜘蛛載具於一九七八年在薩圖納停用，當時戈蘭·費斯克突發奇想向慧能買下二手設備，並改裝爲農業用途。他買了十三台中古蜘蛛載具，打算研發能克服任何地形的新型農業機械。很不幸地，蜘蛛太慢，且運作成本太高，所以原型機就直接被丟棄在費斯克農場後方的舊田地裡。

水中的怪獸

達文索島的工廠到了八〇年代後期已幾乎完全被大自然吞沒。在工廠建築群的後方一棟大型水泥建築裡，有個屋頂塌陷已久的大廳。巨大磁合碟曾在這裡進行最後組裝，在大蓄水池的水底下。大廳的遺跡是當地小孩最愛潛入玩耍的地點。

大群的小河鱸在水中游來游去。偶爾你也看得到較大的魚。

傳說有一隻巨大可怕的東西住在水裡面。或許是水蜘蛛，或某種兩棲類，在蓄水池的許多陰暗裂縫之一裡築巢，並生下了什麼畸形的東西，一個被洩漏到水中的重金屬和化學物質所改變的生物。也或許它是另一個次元的東西，經過迴圈裡進行的實驗所造成的時空裂縫跑來的。

或許蓄水池裡真的有東西，但唯一浮上水面的東西是當地惡霸拉格納·強生的屍體。他曾經住在達文索那的拖車裡，推測是他喝醉了掉進水裡，然後淹死了。

83
82
84
85

小精靈

拉格諾島外海有九十個浮標渦輪機，以沉默勤勉的精準追蹤著變化莫測的風。圓形壓力艙蓋讓它們看起來像滑稽的小老頭浮出水面窺探。它們通常被稱作小精靈，而且肩負很重要的任務。拉格諾島上的抽水機需要每分鐘式的精細數據方能調整迴圈外側地道的壓力，並排空其中的氘氣，以保持穩定避免危險的波動。一點微小的干擾就可能造成傳遍整個迴圈結構的震波，甚至影響重力加速器安裝室本身。當然崎嶇不平的雪花石膏地板會分散這類震波，但是即使最小的偏離都可能讓重力加速器的脈衝球陷入失控的循環。安全系統很嚴密，熔毀的風險似乎微乎其微，但問題是沒人真正了解重力加速器。幾千頁的安全手冊中充滿了焦慮感，影響到在迴圈的所有活動。

我們在夏天時會游到帆船俱樂部附近的遊客碼頭，戴著面罩潛到水底探索那些多年以來被拋棄在淤泥中的舊垃圾。下面有購物推車、舊塑膠袋、啤酒罐、魚餌，還有令人費解的鋼鐵結構自淤泥露出。消失到水面下時，夏日的喧鬧被切斷，你會進入麥拉倫的寂靜陰間。距離被扭曲，在綠色的亮光中，在水面上根本看不到的遠方帆船的聲音可以聽得清清楚楚。我記得到了八月底，度假客開始回到城市之後遊客碼頭便空無一人，你可以在水下聽到浮標渦輪機浮沉的模糊呼吸，很像冰冷海水中單調的鯨魚歌聲。

拾荒者

迴圈三十年來的運作在瑪拉洛留下隨處可見的怪異物體。艾坦斯公路旁一公里處住著對機械很在行的兩兄弟，經年累月地蒐集，他們的庭院放滿了廢鐵。舊推土機、脊椎狀拱門、頭盔、太陽能渦輪機、無聲信號彈和在發育不良的蘋果樹上投下了陰影的磁合碟。

兩兄弟都是熟練的技工，以修車維生，但在他們房子裡總隱隱散發出一股悲劇色彩。

一九九二年夏天，「專業汽車」公司在黑湖島開了第一家修車廠，兩兄弟的價格無法跟他們競爭。一年後他們失業了。他們變得越來越孤僻，且很快地就在後院蓋起一座大倉庫以便工作不受干擾。入夜後你還是聽得見倉庫裡傳出機械發出的噪音。

一九九三年秋季的某天，兩兄弟不見了。他們的家被封鎖、拉上警方封鎖線。有人說兩兄弟自殺了；也有人聲稱他們在準備某種瘋狂的行動。那年的秋季假期，五年 B 班的龐特斯和麥坎說他們溜進去倉庫，發現了一道通往異次元的門戶，也被警方封鎖了。

P
P

康妮・費斯克的自燃

如果你在安靜的夜裡站在洛夫泰的公車站牌旁，便可以聽到戈蘭・費斯克的聚焦塔傳出低沉嗡嗡聲。每隔幾分鐘那些塔就會隨著天上月亮的位置校準，並伴隨著連動引擎的低鳴聲飄過田野。如今洛夫泰的公車站寂靜無聲，驚人的拱型支架也不見了。只剩穀倉留了下來。

在他女兒去世之前，戈蘭・費斯克曾栽培一種他稱作月球根的植物。這些塔聚焦月光，而花箱放在焦點處。箱裡種了根莖類蔬菜。聽說這種蔬菜有神奇的功效：除了能緩解風溼、偏頭痛、背痛、頭痛與各種病症，據費斯克說，也能治癌症等絕症。圖片中，顯示的是聚焦塔組裝階段。拱型支架內側的小圓柱就是花箱。主拱可以從穀倉屋頂降下來以便收穫與播種。然後升起聚焦塔它的軸便會高過屋頂。這樣聚焦塔就有足夠機動性，一年四季都能追蹤天上月亮的軌跡。

費斯克女兒的屍體燒毀得很嚴重，死因很難判斷，不過有人嚴重懷疑是自燃這類怪事。康斯坦絲・佩妮拉・費斯克體內的丙酮濃度極高，那是一種易燃物質。法醫評估她體內的丙酮是所謂酮態的副作用，很可能是偏食造成的。

雖然戈蘭平時身為地方企業家與當地人的鄰居已經夠糟糕了，後來又被踢爆康妮從小就活在幾乎只吃月球根的嚴格飲食控制下，這完全毀了他的人生。

蠻族之家

在卡爾斯卡一條被遺忘的泥土路盡頭，有棟完全荒廢的房子。百葉窗永遠關著，纖維水泥的門面上流淌著黑色不明液體。前門爆出一堆潮濕的紙板箱、枕頭和床墊，好像房子在嘔吐出肚裡的東西。

謠傳是這樣的：那房子裡住著一個小男孩跟他肥胖的媽媽。小男孩沒上學，不會閱讀與寫字。就連他會不會說話也令人懷疑。聽說他爸爸在坐牢，或許那樣也好，因爲他是個惡名昭彰的猥褻老頭。媽媽整天黏在電視機前的沙發上。她胖到無法行動，也懶得照顧兒子。可憐的孩子必須自力更生，天一亮他就四處覓食，像隻老鼠翻找鄰居的垃圾桶，尋找可吃的東西。偶爾他成功獵到野豬或鹿之後，你會聽到欣喜的叫聲。恐怕他有好幾次刺傷那些找上門的社工人員，或許還搶劫過一、兩次披薩外送車。

總之，我們溜進那棟被廢棄的房子，理由是我們聽說他在雞舍藏了什麼驚人的東西。據說他在裡面養了隻活恐龍——他在學校後面的野地發現之後便開始飼養的伶盜龍，當時原本才剛孵出來。現在牠長大了，有人在薩圖納附近看過牠偷偷跑來跑去，男孩就騎在牠背上！

有一天，那棟房子附近發現了一具下半身屍體，還穿著牛仔褲。是在血跡斑斑的積雪堆裡發現的。沒人知道上半身的屍體在哪裡，但推測是被藏在遍地皆是的狐狸巢穴裡了。受害人如何被殺的也不清楚。或許是肇事逃逸或自殺。唯一確定的是死者就是那個男孩的爸爸，因爲在牛仔褲後口袋發現的皮夾裡有他的身分證。

Simon Stålenhag
2013

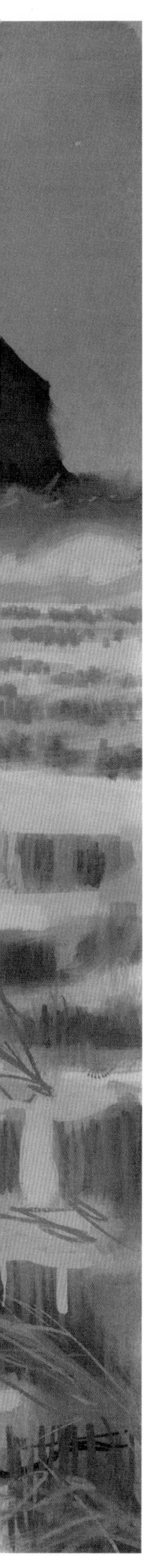

生化野豬

一九九〇年冬天有謠傳說一些動物逃離了孟索島的 FOA 研究所實驗室。有人在孟索島對面、法林索島上的薩圖納周圍的樹林裡目擊了又黑又大的動物。牠們很可能是在夜間結冰時過海的。大家都很興奮，瘋狂猜測逃脫的是什麼東西。有一天二年 B 班的小托馬斯宣稱他看到了那些動物。他前往克凡巴肯途中在收割後的田野遭遇到牠們。我們午休時圍著托馬斯站成一圈發問；牠們看起來像野豬，但是體型像牛；牠們的綠眼睛會發光，頭上還有疑似是天線的詭異東西。小托馬斯當時並不害怕，因爲他很擅長跟動物相處。他有點同情牠們，因爲牠們必須戴著天線到處走。

後來沒人再看到逃脫的動物，但是那整個冬天我們對於發現許多無法解釋的蹤跡都感到很興奮，直到草地上綻放出春天的花朵。

艾克菲特飯店

哥霍門島是座位在黑湖島北方外海的小島。六〇年代時納克瓦斯特能源公司取得政府補助，在這被遺忘的小地方建造了一座用於無線電力傳輸的實驗性發電站。他們嘗試在波納反應爐和哥霍門島發電站之間創造一種穩定且經濟上可行的方式傳輸電力。結果到八〇年代末期仍沒什麼進展，但是實驗的運作成本相對低所以補貼持續未斷。艾索・艾克菲特是島上的管理員兼唯一常駐居民，長得像個畸形老舊的稻草人，住在發電站旁二十八平方公尺的小屋裡。

我們曾在冬天越過浮冰，成功去到過那裡。到了島上，必須奮力通過深厚積雪、穿過一座座夏季度假屋。當你抵達發電站，腳趾會冷得發痛，手腕會被手套邊緣磨傷，但為了艾索的熱可可和餅乾再辛苦也值得。艾索所謂的「艾克菲特飯店」一直營業到一九九四年十一月，當一次真空管爆炸結束了管理員的一生。事後不久發電站就被拆除了。

NÄRKE-VÄST
ENERGI

BONAVIK
A233003

BONAVIK
A233002

戈蘭・費斯克的消失

費斯克輪擠在進城公路上的富豪和紳寶車陣之間，看起來一向很滑稽。在女兒康妮的悲劇之後，戈蘭的行爲開始變得很古怪。我還記得康妮死後的隔年，一九九三年夏末某天晚上他走上佛凱公園的舞台時那種令人感到彆扭的心情。他喝得爛醉高唱另類搖滾老歌。當眾人試圖噓他下台時，他大喊，「我殺了自己的女兒！還有拉格納！」

那是我記憶中第一次看到醉漢。

幾個月後他乾脆消失。不久費斯克輪就被發現，撞毀在伊蘭達附近的水溝裡。門開著，座艙裡有個威士忌空瓶。此後貝蒂・費斯克再也沒有她老公的消息。大家都認爲他不是出國就是在西霍姆灣淹死了。貝蒂不久後便改嫁給了連納特・艾克，反正她跟他搞外遇已有很長一段時間了。

幾年後我經歷了一件非常奇怪的事。我高中時期曾跟戈蘭的小女兒辛蒂・費斯克交往過一段時間。某天她給我看一個非常駭人的東西。在床底下，她放了她爸爸消失一年後她收到的包裹。她從盒子裡拿出一個很大的玻璃罐：

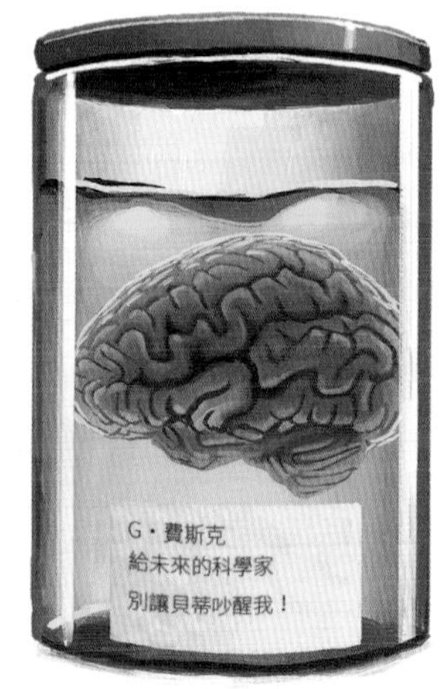

龐特斯的空手道

隆達的工廠區後方圍牆有個破洞，通往一個柏油路面長了蘆葦、空氣中有蕁麻味的地方。以前我們會溜進去尋找舊東西，例如家具、吸塵器，甚至還有電腦。我們常常發現越來越奇怪的東西；磁合碟、回音球和液壓機械臂。其中最精彩的是那個放滿廢棄機器人的坑。它們的電路中似乎還殘有電力，因爲它們的眼睛會聚焦在任何你拿到它們面前的東西。

有一次我們帶龐特斯去那，他一看到機器人之後便發起瘋來。他費盡氣力從坑裡拖出一個，將它靠牆直立。然後他開始了像是空手道的表演。他踢了幾下但多半只是傷到自己而已，於是他抱著機器人，開始磨蹭扭屁股，用日文大喊：

「拜託了，寶貝！」

我不知道他是否踢到了開關之類的，因爲扭到一半機器人突然用手和腳扣住龐特斯，他痛得慘叫。歐洛夫和我對那玩意又拉又踢好幾分鐘它才放鬆。結果很不錯；龐特斯把他的《戰斧》送給我們，作爲我們不在學校提起扭屁股事件的交換。

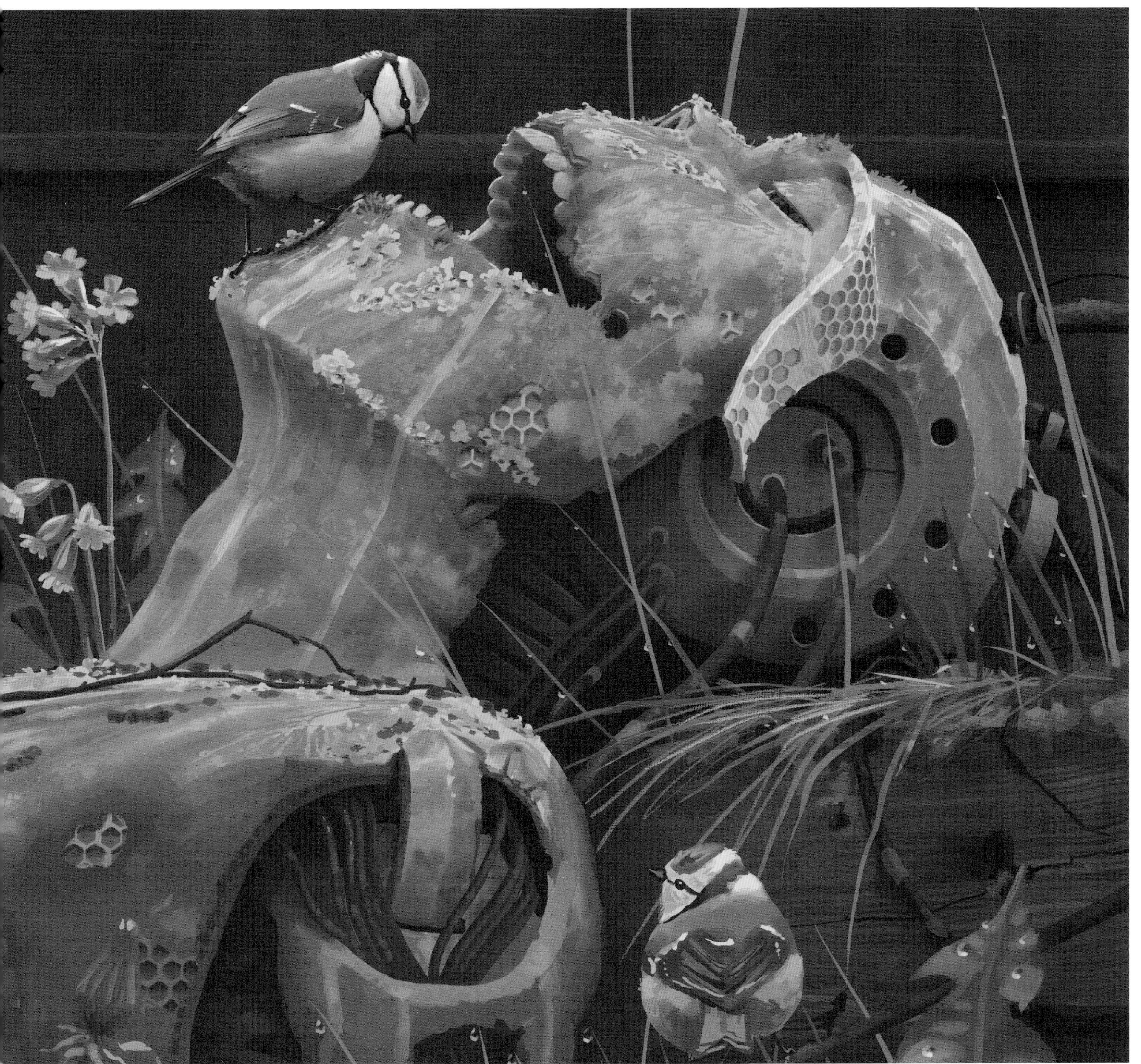

金屬探測器

哥德爾脈衝。我們這樣稱呼迴圈進行實驗時發生的副作用干擾波。通常你只會注意到廚房燈光或電視螢幕短暫地閃爍，不過偶爾影響會更強烈。保險絲炸掉，汽車發不動，燈泡碎裂。有時候會你會感覺到地板震動和耳鳴。我記得我大約六歲時有段可怕的經歷，當時我周圍每個人的聲音都會突然聽起來很低沉。據我爸說可能只是哥德爾脈衝，他邊說邊走來走去拉扯他的鼻子。我猜想他是想要平衡壓力。

當地每個家庭都曾收到一本慧能組織發的藍色小冊子，裡面包含迴圈可能對周遭住戶造成什麼影響的資訊。還有專章很具教育性地列舉與描述哥德爾脈衝的副作用。小冊子最後一頁的安全指示可以拆下來。我們家把它貼在冰箱門上。

某個週末我們家裡多了台金屬探測器。是我爸向工作的地方借的。我記得很清楚；我開心地拿著那個儀器到處跑，試著偵測散落在花園裡的硬幣、釘子和舊玩具。我爸想要試用時它開始發出恐怖的尖叫聲，我很怕是我不知怎地玩壞了。我爸表情不悅，想讓它停止尖叫，但他很快就住手。「你聽，」他說。尖叫聲緩慢地起伏。聽起來很詭異。那一刻我記得很清楚。我爸靜止站著專心聽那個噪音，而我在他身旁——同樣專注，甚至更專注——急著分辨我爸的心情和這心情會反應爲怎樣的結果。

然後噪音停了。我爸看看他的手錶說：

「哥德爾脈衝！」

我爸聲稱他需要金屬探測器是爲了找一串遺失的鑰匙，但是幾天前我意外目睹他生氣地將婚戒從手指摘下，然後丟到房子後方的麥田裡。

關於恐龍的滅絕

跟我爸在山上過了個尷尬的週末之後，我回到黑湖島，心知我很快就有幸成爲一個父母離異的小孩。如果從側面觀察我的記憶，那個週末是條黑線，就像岩層中使所有恐龍滅絕的大災難所留下的黑色界線。

那個週末之後我被吸引至其他離婚家庭的小孩身邊。我們去散步，盯著我們腳前方的地面。一個全新且黑暗的內在風景被打開了，而我們只想要聊一聊。我們退出童年，努力學習怎麼像大人一樣講話，羞恥地回望我們的遊戲場。

後記

迴圈最終在一九九四年十一月五日除役。那時我們都長青春痘了。社會正在改變；每個人都看得出來。路面上來自迴圈的黃色車輛消失了。國營公司變成民營並且改了名。改變發生時我們沒有哀悼；我們忙著面對自己油膩的皮膚和沙啞的聲音。

玩耍時間一點一滴地被電腦取代。很快我們就把幾乎所有的空閒時間耗在螢幕的亮光裡。但我們至少每天都會被激動的媽媽丟到戶外一次（到這時候我們的爸爸幾乎都再婚搬走了），然後像購物中心周圍的僵屍似的回到以前的遊戲場。我們把自己擠進學校外面的鞦韆或蹲在某人的老樹屋裡，抽偷來的香菸。

我們排成長隊走過冬天的夜晚，你會看見黑暗中有小光點忽明忽暗——是聚集在他們殘破回憶周圍的青少年在抽菸，像一場安魂彌撒。

我們把黑夜當作白天，眯著眼眺望地平線，然後嘆氣。在遙遠的地方，黎明正在降臨。

Index

賽門・史塔倫哈格（Simon Stålenhag，1984－） ✷著

瑞典視覺敘事家、設計師暨音樂創作者，成長於斯德哥爾摩。畫風細膩寫實，擅長描繪鄉村風景、機器人與巨大建築。以復古未來、賽博龐克爲題材，結合投射飽滿情緒的建築與物件，藉視覺敘事創造出獨特的詩意科幻作品。著有《迴圈奇譚》、《洪水過後》以及《電幻國度》。《迴圈奇譚》獲選《衛報》十大最佳反烏托邦作品，《電幻國度》曾入圍科幻小說類獎項軌跡獎（Locus Award）、亞瑟・克拉克獎（Arthur C. Clarke Award）。

李建興 ✷譯

臺南人，輔仁大學英文系畢，歷任漫畫、電玩雜誌、情色雜誌與科普、旅遊叢書編輯，路透社網路新聞編譯，現爲自由文字工作者。譯作有《把妹達人》系列、《刺客教條》系列、丹布朗的《起源》、《地獄》、《失落的符號》等數十冊。

TALES FROM THE LOOP **迴圈奇譚**

作者✷**賽門・史塔倫哈格**｜翻譯✷**李建興**｜主編✷**邱子秦**｜設計✷**吳睿哲**｜業務✷**陳碩甫**｜發行人✷**林聖修**｜出版✷**啟明出版事業股份有限公司**｜地址✷**臺北市敦化南路二段57號12樓之1**｜電話✷02-2708-8351｜傳眞✷03-516-7251｜網站✷www.chimingpublishing.com｜服務信箱✷service@chimingpublishing.com｜法律顧問✷**北辰著作權事務所**｜印刷✷**漾格科技股份有限公司**｜總經銷✷**紅螞蟻圖書有限公司**｜地址✷**臺北市內湖區舊宗路二段121巷19號**｜電話✷02-2795-3656｜傳眞✷02-2795-4100

初版✷2021年2月3日｜ISBN✷978-986-98774-9-7｜定價✷**新台幣1300元**

國家圖書館出版品預行編目（CIP）資料

迴環記憶三部曲：迴圈奇譚／賽門・史塔倫哈格（Simon Stålenhag）作；李建興譯．— 初版．— 臺北市：啟明出版事業股份有限公司，2021.02

128面；28×25公分
譯自：Tales from the Loop
ISBN 978-986-98774-9-7（精裝）
881.357　　109017081

T 2326

Viss revidering av kartbilden utförd av
Rikskartor, Stockholm 1981